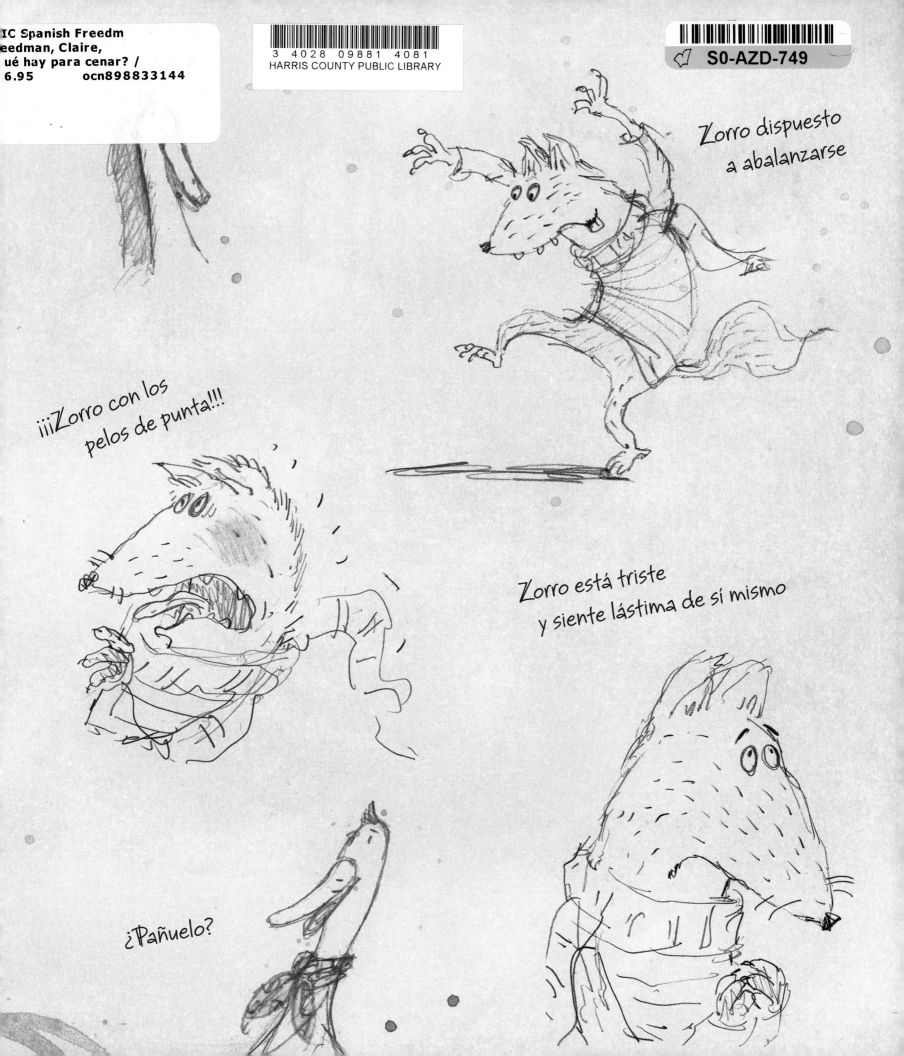

Zorro dispuesto
a abalanzarse

¡¡¡Zorro con los
pelos de punta!!!

Zorro está triste
y siente lástima de sí mismo

¿Pañuelo?

Con mucho amor para Helen y Ray – C. F.
Para Lou, Finn y Tilly, con amor – N. E.

Título original: *Who's for dinner?*
Primera edición: febrero de 2014
Primera reimpresión: octubre de 2018

Publicado originalmente en el Reino Unido en 2012 por Little Tiger Press
© 2014, Penguin Random House Grupo Editorial, S. A. U.
Travessera de Gràcia, 47-49. 08021 Barcelona
© 2012, Claire Freedman, por el texto • © 2012, Nick East, por las ilustraciones

ISBN: 978-84-488-3780-8 • Depósito legal: B-23.114-2018
Impreso en Soler Talleres Gráficos, Esplugues de Llobregat (Barcelona)

BE3780A

CIUDAD
GRANJA

¿Qué hay para CENAR?

Claire Freedman * Nick East

Beascoa

En una pequeña granja en medio del campo
vivían apaciblemente Gallina, Pato, Oveja y Toro.
Los cuatro eran muy muy muy felices,
HASTA QUE...

...un día, llegó un hambriento **zorro de ciudad**.

"Ohhh, esto parece una **granja**", exclamó Zorro

"¡Por fin! ¡**Hurra**! Apuesto a que está llena

males rollizos, jugosos y DELICIOSOS.
¡Todos para mí!
¡Ji, ji, ji!»

«¡SOCORRO!», cacareó Gallina,
y salió batiendo las alas para avisar
a sus amigos.

«¡El zorro quiere devorarnos para cenar!», gritó Gallina.

«¡Estamos apañados!», tembló Oveja.

«¡Que no cunda el pánico!», dijo Toro.

«¡Para ti es fácil! ¡A ti no te van a comer!», le espetó Pato.

«Si nos organizamos bien, **ni a mí,** ni a nadie,», sonrió Toro.
«Vamos a ser más astutos que ese zorro de ciudad.»

Y Toro les contó su atrevido y disparatado plan.

Un poco más tarde, Gallina estaba sentada al sol cuando apareció Zorro.

«¡Ohh! ¡Rico, rico!», dijo salivando. «¡Tienes pinta de ser un sabroso bocado! ¡Prepárate para ser engullida!»

«Pero a mí no me puedes comer», dijo Gallina, moviendo sus pezuñas de coco ante Zorro.

«¡Soy un caballo! ¡Y los zorros no comen caballos!»

«¡HIII!», relinchó.

«¡HIII!

¡HIII!

¡HIII!»

«¿Un **caballo**?», se sorprendió Zorro.
«¿Tú? ¿En serio?», y pasó furiosamente
las páginas de su libro de recetas.

«Orejas puntiagudas, larga cola,
¡NO COMER!»

CABALLO

Orejas
puntiagudas

Larga
cola

¡NO
COMER!

«¡Grrr! ¡Tendré que hincarle el diente a otra cosa!»
Y gruñendo y refunfuñando, Zorro fue a parar…

...directamente al estanque de Pato.

Zorro sonrió maliciosamente

y abrió sus enormes y babeantes fauces.

«¡Hola, cena!»,

exclamó eufórico.

ESTANQUE de Pato

CASA
Lechería
PATO

«¡No soy tu cena!», dijo Pato enfadado.
«¡Soy una vaca! ¡Todo el mundo sabe
que los zorros no comen vacas!»

«¡Muuuu!

mugió.

«¡Muuu!
¡Muuu!
¡Muu

«¿UNA VACA?», contestó airadamente Zorro.

«¿Eres un

VACA?»

Pasó rabiosamente las páginas de su libro.
«Cuernos,
manchas,
cencerro,
¡NO COMER!»

«¡GRRR!
¡Estoy que me desmayo de hambre
y me encuentro con una estúpida VACA!»
Zorro pateó unas piedras y aplastó unas
margaritas. Luego se fue en busca de...

...una apetitosa oveja.
Zorro miró con ansia a Oveja
y se relamió.
«¡Hora de cenar!», gruñó.

Salvemos a los Burros

«¡Santo cielo, **a mí** no me puedes comer!»,
chilló Oveja. «¡Soy un bu-bu-burro!
Y los zorros no comen burros.
¡Hiiiaaa!», rebuznó.

Paseos en BURRO gratis

«¡Hiiiaaa!
¡Hiiiaaa!
¡Hiiiaaa!»

«¿Un burro?», rugió Zorro.
«¡Esto es imposible!
¡Me muero de hambre!»

Zorro salió echando chispas y se dirigió hecho una furia hacia el gallinero. Ciego de ira, dio un fuerte portazo y se encontró con...

venta
de
Huevos

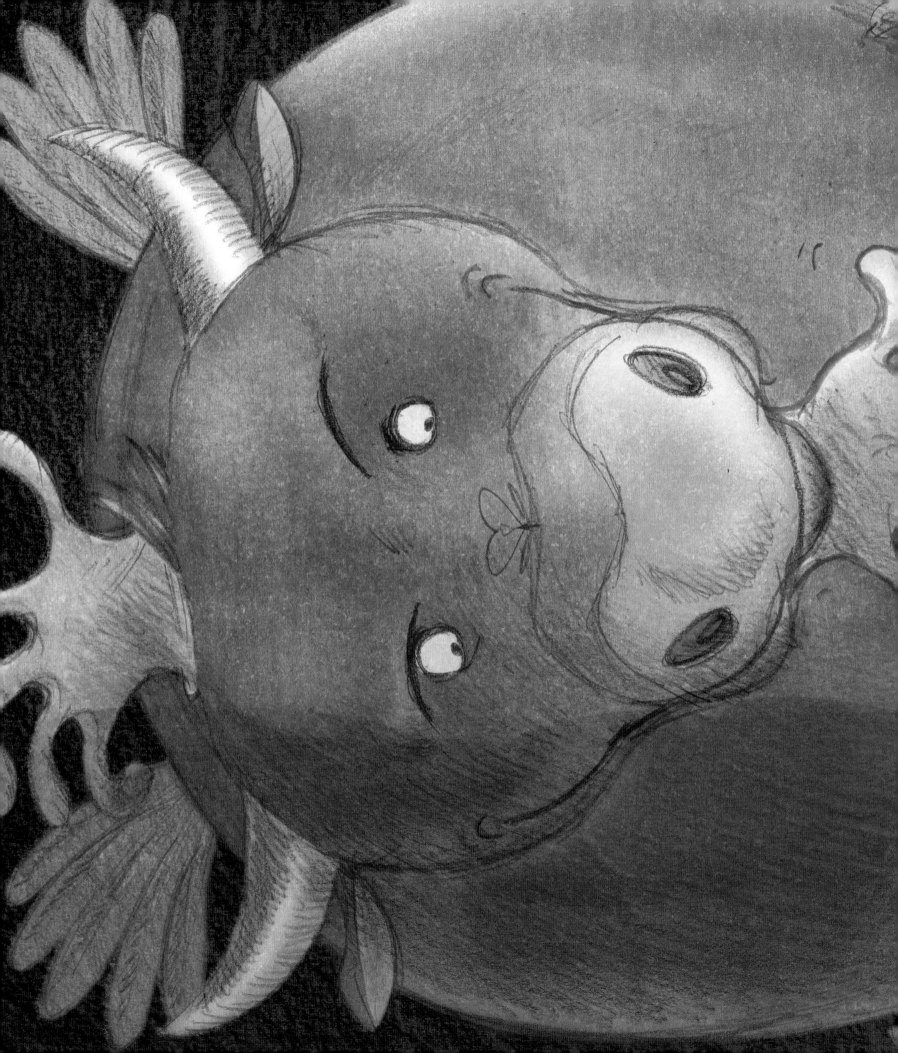

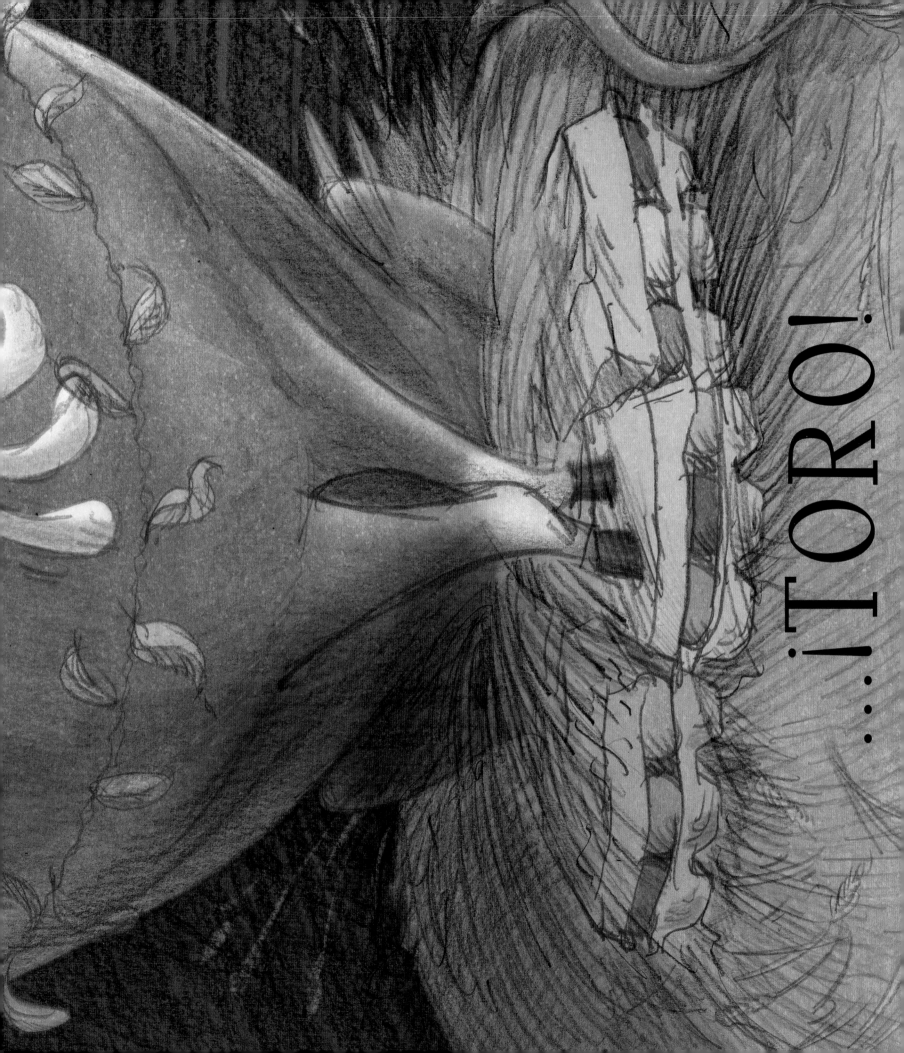

«¡Aaaahh!», gritó Zorro.
«¡Eres SUPER-MEGA-
GIGANTE!
¿Qué eres tú?»

«¡Soy una gallina!»,
dijo Toro. «¿No lo ves?

¡CLOC, CLOC!», cloqueó.

«¡CLOC,CLOC!
¡CLOC,CLOC!
¡CLOC,CLOC!»

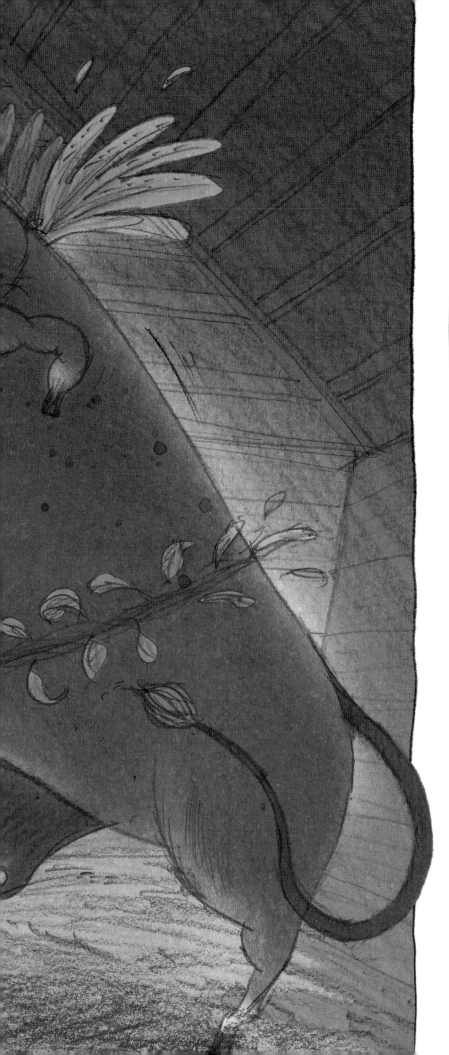

Zorro temblaba de miedo.
«¿Tú? ¿Una ga-ga-gallina?», gimoteó.
«¡Pero yo pensaba que los zorros
nos COMÍAMOS a las gallinas!»

Toro resopló y apuntó con sus enormes
cuernos hacia Zorro.

«Si los zorros os COMÉIS a las gallinas»,
bramó...

Zorro salió zumbando de la granja y regresó
lo más rápido que pudo a la ciudad.

«¡Hurra!»,

gritaron los animales, y montaron una gran fiesta.
¡Y todo el mundo volvió a ser muy muy
muy feliz otra vez!

Pato aterrorizado

Pato sorprendido

¡¡Zorro está listo
para comer!!